KB177417

끝끝내

나태주

너의 얼굴 바라봄이 반가움이다
너의 목소리 들음이 고마움이다
너의 눈빛 스침이 끝내 기쁨이다

끝끝내

너의 숨소리 듣고 네 옆에
내가 있음이 그냥 행복이다
이 세상 네가 살아있음이
나의 살아있음이고 존재이유다.

2017. 8. 4 나태주 적습니다.

풀꽃

나태주

자세히 보아야
예쁘다

오래 보아야
사랑스럽다

너도 그렇다!

2017. 8. 4 나태주 씁니다

끝끝내

국립중앙도서관 출판예정도서목록(CIP)

끝끝내 : 나태주 시집 / 지은이: 나태주. -- 대전 : 지혜 : 애지, 2017
p. ; cm. -- (지혜사랑 포켓북 ; 001)

ISBN 979-11-5728-248-7 02810 : ₩9000

한국 현대시[韓國現代詩]

811.7-KDC6
895.715-DDC23 CIP2017022438

지혜사랑 포켓북 001

끝끝내

나태주

지혜

핸드폰 대신으로

여러 차례 손 안에 드는 작은 시집을 한 권 만들고 싶었다.

누구나 편하게 집어들 수 있고 누구나 편하게 읽을 수 있는 시집.

시내버스 안이나 전철 안에서도 핸드폰 대신으로 들고 들여다 볼 수 있는 시집.

아니, 그렇게 읽고 싶은 시집.

그런 의도로 만든 시집이 이 시집이다.

책 끝에 인터넷에 오르내리는 독자들의 시평을 빌려다 실었고 반경환 평론가의 평문도 실었다.

책을 읽는 분들과 숨결을 함께 하고 싶은 의도다.

결국은 이 시집도 독자들에 의한 독자들을 위한 독자들의 시집이 되었다.

시의 배열순서도 없고 배열의 의도도 없다.

그냥 마음 가는 대로 실었다

그러니 그냥 마음 가는 대로 읽으시면 된다.

사람들 사이에서 나무 아래서 풀밭 위에서 바람결 위

에서 내가 당분간 건강하게 숨 쉬며 살아 있어야 하는 것처럼 나의 이 시집도 그렇게 건강하기만을 빈다.

2017년 초여름, 공주 금학동에서
나태주 씁니다.

차례

좋다

좋아요

좋다고 하니까 나도 좋다.

묘비명

많이 보고 싶겠지만

조금만 참자.

사는 법

그리운 날은 그림을 그리고
쓸쓸한 날은 음악을 들었다

그리고도 남는 날은
너를 생각해야만 했다.

11월

돌아가기엔 이미 너무 많이 와버렸고
버리기에는 차마 아까운 시간입니다

어디선가 서리 맞은 어린 장미 한 송이
피를 문 입술로 이쪽을 보고 있을 것만 같습니다

낮이 조금 더 짧아졌습니다
더욱 그대를 사랑해야 하겠습니다.

아름다운 사람

아름다운 사람

눈을 둘 곳이 없다

바라볼 수도 없고

그렇다고 아니 바라볼 수도 없고

그저 눈이

부시기만 한 사람.

안개

흐려진 얼굴

잊혀진 생각

그러나 가슴 아프다.

가로등

밤안개는 몸에 해롭대요

치마 벗고 밤거리에 나선

누군가의 아낙.

순정

옮겨 심으면 어김없이 죽어버린다는 차나무나 양귀비

처음 발을 디딘 자리가 아니면 기꺼이 목숨까지 내어놓는
그 결연함

우리네 순정이란 것도 그런 게 아닐까?

처음 먹었던 마음 처음 가졌던 깨끗한 그리움
생애를 두고 바꾸어 갖지 않겠노라는 다짐

그것이 아닐까?

기쁨

난초 화분의 휘어진

이파리 하나가

허공에 몸을 기댄다

허공도 따라서 휘어지면서

난초 이파리를 살그머니

보듬어 안는다

그들 사이에 사람인 내가 모르는

잔잔한 기쁨의

강물이 흐른다.

촉

무심히 지나치는
골목길

두껍고 단단한
아스팔트 각질을 비집고
솟아오르는
새싹의 촉을 본다

얼랄라
저 여리고
부드러운 것이!

한 개의 촉 끝에
지구를 들어올리는
힘이 숨어 있다.

호명

순이야, 부르면
입 속이 싱그러워지고
순이야, 또 부르면
가슴이 따뜻해진다

순이야, 부를 때마다
내 가슴속 풀잎은 푸르러지고
순이야, 부를 때마다
내 가슴속 나무는 튼튼해진다

너는 나의 눈빛이
다스리는 영토
나는 너의 기도로
자라나는 풀이거나 나무거나

순이야, 한 번씩 부를 때마다

너는 한 번씩 순해지고

순이야, 또 한 번씩 부를 때마다

너는 또 한 번씩 아름다워진다.

서양 붓꽃

거짓말인 줄 알면서도
눈물 납니다

꽃이 진다고 세상이
달라질 것도 없는데

가슴이 미어집니다.

산수유

아프지만 다시 봄

그래도 시작하는 거야
다시 먼 길 떠나보는 거야

어떠한 경우에도 나는
네 편이란다.

첫눈

요즘 며칠 너 보지 못해
목이 말랐다

어제 밤에도 깜깜한 밤
보고 싶은 마음에
더욱 깜깜한 마음이었다

몇날 며칠 보고 싶어
목이 말랐던 마음
깜깜한 마음이
눈이 되어 내렸다

네 하얀 마음이 나를
감싸 안았다.

꽃그늘

아이한테 물었다

이담에 나 죽으면
찾아와 울어줄 거지?

대답 대신 아이는
눈물 고인 두 눈을 보여주었다.

제비꽃

그대 떠난 자리에
나 혼자 남아
쓸쓸한 날
제비꽃이 피었습니다
다른 날보다 더 예쁘게
피었습니다.

사랑은 언제나 서툴다

서툴지 않은 사랑은 이미
사랑이 아니다
어제 보고 오늘 보아도
서툴고 새로운 너의 얼굴

낯설지 않은 사랑은 이미
사랑이 아니다
금방 듣고 또 들어도
낯설고 새로운 너의 목소리

어디서 이 사람을 보았던가…
이 목소리 들었던가…
서툰 것만이 사랑이다
낯선 것만이 사랑이다

오늘도 너는 내 앞에서

다시 한 번 태어나고

오늘도 나는 네 앞에서

다시 한 번 죽는다.

그래도

나는 네가 웃을 때가 좋다

나는 네가 말을 할 때가 좋다

나는 네가 말을 하지 않을 때도 좋다

뾰로통한 네 얼굴, 무덤덤한 표정

때로는 매정한 말씨

그래도 좋다.

풀꽃 · 1

자세히 보아야
예쁘다

오래 보아야
사랑스럽다

너도 그렇다.

아무르

새가 울고
꽃이 몇 번 더 피었다 지고
나의 일생이 기울었다

꽃이 피어나고
새가 몇 번 더 울다 그치고
그녀의 일생도 저물었다

닉네임이 흰 구름인 그녀,
그녀는 지금 어느 낯선 하늘을
흐르고 있는 건가?

아무르, 아무르 강변에
꽃잎이 지는 꿈을 자주 꾼다는
그녀의 메일이 왔다
아무르, 아무르 강변에

새들이 우는 꿈을 자주 꾼다고
나도 메일을 보냈다.

부탁

너무 멀리까지는 가지 말아라
사랑아

모습 보이는 곳까지만
목소리 들리는 곳까지만 가거라

돌아오는 길 잊을까 걱정이다
사랑아.

바람에게 묻는다

바람에게 묻는다
지금 그곳에는 여전히
꽃이 피었던가 달이 떴던가

바람에게 듣는다
내 그리운 사람 못 잊을 사람
아직도 나를 기다려
그곳에서 서성이고 있던가

내게 불러줬던 노래
아직도 혼자 부르며
울고 있던가.

화살기도

아직도 남아있는 아름다운 일들을
이루게 하여 주소서
아직도 만나야할 좋은 사람들을
만나게 하여 주소서
아멘이라고 말할 때
네 얼굴이 떠올랐다
퍼뜩 놀라 그만 나는
눈을 뜨고 말았다.

행복 · 1

저녁 때
돌아갈 집이 있다는 것

힘들 때
마음속으로 생각할 사람 있다는 것

외로울 때
혼자서 부를 노래 있다는 것.

대숲 아래서

1

바람은 구름을 몰고
구름은 생각을 몰고
다시 생각은 대숲을 몰고
대숲 아래 내 마음은 낙엽을 몬다.

2

밤새도록 댓잎에 별빛 어리듯
그슬린 등피에는 네 얼굴이 어리고
밤 깊어 대숲에는 후둑이다 가는 밤 소나기 소리.
그리고도 간간이 사운대다 가는 밤바람 소리.

3

어제는 보고 싶다 편지 쓰고
어젯밤 꿈엔 너를 만나 쓰러져 울었다.
자고 나니 눈두덩엔 메마른 눈물자죽,

문을 여니 산골엔 실비단 안개.

4

모두가 내 것만은 아닌 가을,

해 지는 서녘구름만이 내 차지다.

동구 밖에 떠드는 애들의

소리만이 내 차지다.

또한 동구 밖에서부터 피어오르는

밤안개만이 내 차지다.

하기는 모두가 내 것만은 아닌 것도 아닌

이 가을,

저녁밥 일찍이 먹고

우물가에 산보 나온

달님만이 내 차지다.

물에 빠져 머리칼 헹구는

달님만이 내 차지다.

풀꽃 · 3

기죽지 말고 살아봐

꽃 피워 봐

참 좋아.

그리움 · 1

— 강신용 시인

햇빛이 너무 좋아

혼자 왔다 혼자

돌아갑니다.

풀꽃 · 2

이름을 알고 나면 이웃이 되고
색깔을 알고 나면 친구가 되고
모양까지 알고 나면 연인이 된다
아, 이것은 비밀.

황홀극치

황홀, 눈부심
좋아서 어쩔 줄 몰라 함
좋아서 까무러칠 것 같음
어쨌든 좋아서 죽겠음

해 뜨는 것이 황홀이고
해 지는 것이 황홀이고
새 우는 것 꽃 피는 것 황홀이고
강물이 꼬리를 흔들며 바다에
이르는 것 황홀이다

그렇지, 무엇보다
바다 울렁임, 일파만파, 그곳의 노을,
빠져 죽어버리고 싶은 충동이 황홀이다

아니다, 내 앞에

웃고 있는 네가 황홀, 황홀의 극치다

도대체 너는 어디서 온 거냐?
어떻게 온 거냐?
왜 온 거냐?
천 년 전 약속이나 이루려는 듯.

개양귀비

생각은 언제나 빠르고
각성은 언제나 느려

그렇게 하루나 이틀
가슴에 핏물이 고여

흔들리는 마음 자주
너에게 들키고

너에게로 향하는 눈빛 자주
사람들한테도 들킨다.

안부

오래
보고 싶었다

오래
만나지 못했다

잘 있노라니
그것만 고마웠다.

내가 너를

내가 너를
얼마나 좋아하는지
너는 몰라도 된다

너를 좋아하는 마음은
오로지 나의 것이요,
나의 그리움은
나 혼자만의 것으로도
차고 넘치니까……

나는 이제
너 없이도 너를
좋아할 수 있다.

이 가을에

아직도 너를
사랑해서 슬프다.

멀리서 빈다

어딘가 내가 모르는 곳에
보이지 않는 꽃처럼 웃고 있는
너 한 사람으로 하여 세상은
다시 한 번 눈부신 아침이 되고

어딘가 네가 모르는 곳에
보이지 않는 풀잎처럼 숨 쉬고 있는
나 한 사람으로 하여 세상은
다시 한 번 고요한 저녁이 온다

가을이다, 부디 아프지 마라.

날마다 기도

간구의 첫 번째 사람은 너이고
참회의 첫 번째 이름 또한 너이다.

너도 그러냐

나는 너 때문에 산다

밥을 먹어도
얼른 밥 먹고 너를 만나러 가야지
그러고
잠을 자도
얼른 날이 새어 너를 만나러 가야지
그런다

네가 곁에 있을 때는 왜
이리 시간이 빨리 가나 안타깝고
네가 없을 때는 왜
이리 시간이 더딘가 다시 안타깝다

멀리 길을 떠나도 너를 생각하며 떠나고
돌아올 때도 너를 생각하며 돌아온다

오늘도 나의 하루해는 너 때문에 떴다가
너 때문에 지는 해이다

너도 나처럼 그러냐?

한 사람 건너

한 사람 건너 한 사람
다시 한 사람 건너 또 한 사람

애기 보듯 너를 본다

찡그린 이마
앙다문 입술
무슨 마음 불편한 일이라도
있는 것이냐?

꽃을 보듯 너를 본다.

오늘의 약속

덩치 큰 이야기, 무거운 이야기는 하지 않기로 해요
조그만 이야기, 가벼운 이야기만 하기로 해요
아침에 일어나 낯선 새 한 마리가 날아가는 것을 보았다든지
길을 가다 담장 너머 아이들 떠들며 노는 소리가 들려 잠시 발을 멈췄다든지
매미 소리가 하늘 속으로 강물을 만들며 흘러가는 것을 문득 느꼈다든지
그런 이야기들만 하기로 해요

남의 이야기, 세상 이야기는 하지 않기로 해요
우리들의 이야기, 서로의 이야기만 하기로 해요
지나간 밤 쉽게 잠이 오지 않아 애를 먹었다든지
하루 종일 보고픈 마음이 떠나지 않아 가슴이 빼근했다든지
모처럼 개인 밤하늘 사이로 별 하나 찾아내어 숨겨놓

은 소원을 빌었다든지

그런 이야기들만 하기로 해요

실은 우리들 이야기만 하기에도 시간이 많지 않은 걸

우리는 잘 알아요

그래요, 우리 멀리 떨어져 살면서도

오래 헤어져 살면서도 스스로

행복해지기로 해요

그게 오늘의 약속이에요.

너를 두고

세상에 와서
내가 하는 말 가운데서
가장 고운 말을
너에게 들려주고 싶다

세상에 와서
내가 가진 생각 가운데서
가장 예쁜 생각을
너에게 주고 싶다

세상에 와서
내가 할 수 있는 표정 가운데
가장 좋은 표정을
너에게 보이고 싶다

이것이 내가 너를

사랑하는 진정한 이유

나 스스로 네 앞에서 가장

좋은 사람이 되고 싶은 소망이다.

산책

백합꽃 향기 너무 진하여 저녁때
대문이 절로 열렸네.

선물 · 1

나에게 이 세상 하루하루가 선물입니다
아침에 일어나 만나는 밝은 햇빛이며 새소리,
맑은 바람이 우선 선물입니다.

문득 푸르른 산 하나 마주했다면 그것도 선물이고.
서럽게 서럽게 뱀 꼬리를 흔들며 사라지는
강물을 보았다면 그 또한 선물입니다.

한낮의 햇살 받아 손바닥 뒤집는
잎사귀 넓은 키 큰 나무들도 선물이고
길 가다 발밑에 깔린 이름 없어 가여운
풀꽃들 하나 하나도 선물입니다.

무엇보다도 먼저 이 지구가 나에게 가장 큰 선물이고
지구에 와서 만난 당신,
당신이 우선적으로 가장 좋으신 선물입니다.

>

저녁 하늘에 붉은 노을이 번진다 해도 부디
마음 아파하거나 너무 섭하게 생각지 마서요
나도 또한 이제는 당신에게
좋은 선물이었으면 합니다

너의 총명함을 사랑한다

너의 총명함을 사랑한다.
너의 젊음을 사랑한다.
너의 아름다움을 사랑한다.
너의 깨끗함을 사랑한다.

너의 꾸밈 없음과
꿈 많음을 사랑한다.

너의 이기심도 사랑해 주기로 한다.
너의 경솔함도 사랑해 주기로 한다.
그리고 너의 유약함도 사랑해 주기로 한다.
너의 턱없는 허영과
오만도 사랑하기로 한다.

꽃 · 3

예뻐서가 아니다
잘나서가 아니다
많은 것을 가져서도 아니다
다만 너이기 때문에
네가 너이기 때문에
보고 싶은 것이고 사랑스런 것이고 안쓰러운 것이고
끝내 가슴에 못이 되어 박히는 것이다
이유는 없다
있다면 오직 한 가지
네가 너라는 사실!
네가 너이기 때문에
소중한 것이고 아름다운 것이고 사랑스런 것이고 가득한 것이다
꽃이여, 오래 그렇게 있거라.

느낌

눈꼬리가 휘어서
초승달
너의 눈은 … 서럽다

몸집이 작아서
청사과
너의 모습은 … 안쓰럽다

짧은 대답이라서
저녁바람
너의 음성은 … 섭섭하다

그래도 네가 좋다.

연애

날마다 잠에서
깨어나자마자 당신 생각을
마음 속 말을 당신과 함께
첫 번째 기도를 또 당신을 위해

그런 형벌의 시절도 있었다.

꽃 · 2

예쁘다는 말을
가볍게 삼켰다

안쓰럽다는 말을
꿀꺽 삼켰다

사랑한다는 말을
어렵게 삼켰다

섭섭하다, 안타깝다,
답답하다는 말을 또 여러 번
목구멍으로 넘겼다

그리고서 그는 스스로 꽃이 되기로 작정했다.

눈부신 속살

담장 위에 호박고지 가을볕 좋다
짜랑짜랑 소리 날듯 가을볕 좋다
주인 잠시 집 비우고 외출한 사이
집 지키는 호박고지 새하얀 속살

눈부신 그 속살에
축복 있으라.

시 · 1

마답을 쓸었습니다
지구 한 모퉁이가 깨끗해졌습니다

꽃 한 송이 피었습니다
지구 한 모퉁이가 아름다워졌습니다

마음속에 시 하나 싹텄습니다
지구 한 모퉁이가 밝아졌습니다

나는 지금 그대를 사랑합니다
지구 한 모퉁이가 더욱 깨끗해지고
아름다워졌습니다.

꽃잎

활짝 핀 꽃나무 아래서
우리는 만나서 웃었다

눈이 꽃잎이었고
이마가 꽃잎이었고
입술이 꽃잎이었다

우리는 술을 마셨다
눈물을 글썽이기도 했다

사진을 찍고
그날 그렇게 우리는
헤어졌다

돌아와 사진을 빼보니
꽃잎만 찍혀 있었다.

나무

너의 허락도 없이

너에게 너무 많은 마음을

주어버리고

너에게 너무 많은 마음을

뺏겨버리고

그 마음 거두어들이지 못하고

바람 부는 들판 끝에 서서

나는 오늘도 이렇게 슬퍼하고 있다

나무되어 울고 있다.

꽃 · 1

다시 한 번만 사랑하고
다시 한 번만 죄를 짓고
다시 한 번만 용서를 받자

그래서 봄이다.

네 손을 만지기보다는

네 손을 만지기보다는
네 손을 만지고 싶어하는
내 마음을 아끼고 싶었다

네 머리칼을 쓸기 보담은
네 머리칼을 쓸어 주고 싶어하는
내 마음만을 더 좋아하고 싶었다

너를 안아주기보다는
너를 안아주고 싶어하는
내 마음만을 더 좋아하고 싶었다

네 입술에 눈빛에 입맞춤하기보다는
네 입술에 눈빛에 입맞춤하고 싶어하는
나의 마음만으로 나는 더 행복해지고 싶었다.

결혼

외로운
별 하나가
역시
외로운 별 하나와
만났다

세상에 빛나는 별
두 개가 생겼다

언제나 춥고
쓸쓸한 여자
사내 옆에 서서
오늘은
따뜻해 보인다.

그리움 · 2

가지 말라는데 가고 싶은 길이 있다
만나지 말자면서 만나고 싶은 사람이 있다
하지 말라면 더욱 해보고 싶은 일이 있다

그것이 인생이고 그리움
바로 너다.

아내

새각시
새각시 때
당신에게서는
이름 모를
풀꽃 향기가
번지곤 했습니다
그럴 때마다 나는
당신도 모르게
눈을 감곤 했지요

그건 아직도
그렇습니다.

지상에서의 며칠

때 절은 조이 창문 흐릿한 달빛 한줌이었다가
바람 부는 들판의 키 큰 미루나무 잔가지 흔드는 바람이었다가
차마 소낙비일 수 있었을까? 겨우
옷자락이나 머리칼 적시는 이슬비였다가
기약 없이 찾아든 바닷가 민박집 문지방까지 밀려와
칭얼대는 파도 소리였다가
누군들 안 그러랴
잠시 머물고 떠나는 지상에서의 며칠, 이런 저런 일들
좋았노라 슬펐노라 고달팠노라
그대 만나 잠시 가슴 부풀고 설렜었지
그리고는 오래고 긴 적막과 애달픔과 기다림이 거기 있었지
가는 여름 새끼손톱에 스며든 봉숭아 빨알간 물감이었다가
잘려 나간 손톱조각에 어른대는 첫눈이었다가

눈물이 고여서였을까? 눈썹

깜짝이다가 눈썹 두어 번 깜짝이다가…….

내가 좋아하는 사람

내가 좋아하는 사람은
슬퍼할 일을 마땅히 슬퍼하고
괴로워할 일을 마땅히 괴로워하는 사람.

남의 앞에 섰을 때
교만하지 않고
남의 뒤에 섰을 때
비굴하지 않은 사람.

내가 좋아하는 사람은
미워할 것을 마땅히 미워하고
사랑할 것을 마땅히 사랑하는
그저 보통의 사람.

사랑에 답함

예쁘지 않은 것을 예쁘게
보아주는 것이 사랑이다

좋지 않은 것을 좋게
생각해주는 것이 사랑이다

싫은 것도 잘 참아주면서
처음만 그런 것이 아니라

나중까지 아주 나중까지
그렇게 하는 것이 사랑이다.

잠들기 전 기도

하나님

오늘도 하루

잘 살고 죽습니다

내일 아침 잊지 말고

깨워 주십시오.

여행의 끝

어둔 밤길 잘 들어갔는지?

걱정은 내 몫이고
사랑은 네 차지

부디 피곤한 밤
잠이나 잘 자기를…….

사랑에의 권유

사랑 때문에 다만
사랑하는 일 때문에
울어본 적 있으신지요?

보고 싶은 마음 때문에 오직
한 사람이 보고 싶은 마음 때문에
밤을 꼬박 새워본 적 있으신지요?

그것이 철없음이라도 좋겠고
어리석음이라도 좋겠고
서툰 인생이라 해도 충분히 좋겠습니다

한 사람의 여자를 위하여
한 사람의 남자를 위하여 다시금
떨리는 손으로 길고 긴 편지를
써보고 싶은 생각은 없으신지요?

>

부디 잊지 마시기 바래요
한 사람의 일로 밤을 새우고
오직 그 일로 해서 지구가 다
무너질 것만 같았던 날들이 분명
우리에게 있었음을

그리하여 우리가 한때나마 지상에서
행복하고 슬프고도 외로운 사람이었음을
부디 후회하지 마시기 바래요.

당신

이 세상 무엇 하러 살았나?

최후의 친구 한 사람
만나기 위해서 살았지

바로 당신.

풍경

이 그림에서
당신을 빼낸다면
그것이 내 최악의 인생입니다.

오늘도 그대는 멀리 있다

전화 걸면 날마다
어디 있냐고 무엇하냐고
누구와 있냐고 또 별일 없냐고
밥은 거르지 않았는지 잠은 설치지 않았는지
묻고 또 묻는다

하기는 아침에 일어나
햇빛이 부신 걸로 보아
밤사이 별일 없긴 없었는가 보다

오늘도 그대는 멀리 있다

이제 지구 전체가 그대 몸이고 맘이다.

안개가 짙은들

안개가 짙은들 산까지 지울 수야

어둠이 깊은들 오는 아침까지 막을 수야

안개와 어둠 속을 꿰뚫는 물소리, 새소리,

비바람 설친들 피는 꽃까지 막을 수야.

앉은뱅이꽃

발밑에 가여운 것

밟지 마라,

그 꽃 밟으면 귀양간단다

그 꽃 밟으면 죄받는단다.

화이트 크리스마스

크리스마스이브
눈 내리는 늦은 밤거리에 서서
집에서 혼자 기다리고 있는
늙은 아내를 생각한다

시시하다 그럴 테지만
밤늦도록 불을 켜놓고 손님을
기다리는 빵 가게에 들러
아내가 좋아하는 빵을 몇 가지
골라 사들고 서서
한사코 세워주지 않는
택시를 기다리며
이십 년하고서도 육 년 동안
함께 산 동지를 생각한다

아내는 그 동안 네 번

수술을 했고
나는 한 번 수술을 했다
그렇다, 아내는 네 번씩
깨진 항아리이고 나는
한 번 깨진 항아리이다

눈은 땅에 내리자마자
녹아 물이 되고 만다
목덜미에 내려 섬뜩섬뜩한
혓바닥을 들이밀기도 한다

화이트 크리스마스
크리스마스이브 늦은 밤거리에서
한 번 깨진 항아리가
네 번 깨진 항아리를 생각하며
택시를 기다리고 또
기다린다.

뒷모습

뒷모습이 어여쁜
사람이 참으로
아름다운 사람이다

자기의 눈으로는 결코
확인이 되지 않는 뒷모습
오로지 타인에게로만 열린
또 하나의 표정

뒷모습은
고칠 수 없다
거짓말을 할 줄 모른다

물소리에게도 뒷모습이 있을까?
시드는 노루발풀꽃, 솔바람 소리,
찌르레기 울음 소리에게도

뒷모습은 있을까?

저기 저
가문비나무 윤노리나무 사이
산길을 내려가는
야윈 슬픔의 어깨가
희고도 푸르다.

산수유 꽃 진 자리

사랑한다, 나는 사랑을 가졌다
누구에겐가 말해주긴 해야 했는데
마음 놓고 말해줄 사람 없어
산수유 꽃 옆에 와 무심히 중얼거린 소리
노랗게 핀 산수유 꽃이 외워두었다가
따사로운 햇빛한테 들려주고
놀러온 산새에게 들려주고
시냇물 소리한테까지 들려주어
사랑한다, 나는 사랑을 가졌다
차마 이름까진 말해줄 수 없어 이름만 빼고
알려준 나의 말
여름 한 철 시냇물이 줄창 외우며 흘러가더니
이제 가을도 저물어 시냇물 소리도 입을 다물고
다만 산수유 꽃 진 자리 산수유 열매들만
내리는 눈발 속에 더욱 예쁘고 붉습니다.

비단강

비단강이 비단강임은
많은 강을 돌아보고 나서야
비로소 알겠습디다

그대가 내게 소중한 사람임은
더 많은 사람들을 만나고 나서야
비로소 알겠습디다

백 년을 가는
사람 목숨이 어디 있으며
오십 년을 가는
사람 사랑이 어디 있으랴……

오늘도 나는
강가를 지나며
되뇌어 봅니다.

별리

우리 다시는 만나지 못하리

그대 꽃이 되고 풀이 되고
나무가 되어
내 앞에 있는다 해도 차마
그대 눈치채지 못하고

나 또한 구름 되고 바람 되고
천둥이 되어
그대 옆을 흐른다 해도 차마
나 알아보지 못하고

눈물은 번져
조그만 새암을 만든다
지구라는 별에서의
마지막 만남과 헤어짐

우리 다시 사람으로는 만나지 못하리.

이별

지구라는 별
오늘이라는 하루
두 번 다시 만나지 못할
정다운 사람인 너

네 앞에 있는 나는 지금
울고 있는 거냐?
웃고 있는 거냐?

여행

떠나 온 곳으로 다시는
돌아갈 수 없다는 걸 알기까지는
많은 시간이 필요했다.

우리들의 푸른 지구

사랑한다는 말 대신에 하는 말
우리 오래 만나자

사랑하겠다는 말 대신에 하는 대답
우리 함께 오래 있어요

날마다 푸른 지구
내일 더욱 푸른 지구

오늘은 네가 나에게 지구이고
내가 너에게 지구이다.

초라한 고백

내가 가진 것을 주었을 때
사람들은 좋아한다

여러 개 가운데 하나를
주었을 때보다
하나 가운데 하나를 주었을 때
더욱 좋아한다

오늘 내가 너에게 주는 마음은
그 하나 가운데 오직 하나
부디 아무 데나 함부로
버리지는 말아다오.

행복 · 2

어제 거기가 아니고

내일 저기도 아니고

다만 오늘 여기

그리고 당신.

쓸쓸한 여름

챙이 넓은 여름 모자 하나
사 주고 싶었는데
그것도 빛깔이 새하얀 걸로 하나
사 주고 싶었는데
올해도 오동꽃은 피었다 지고
개구리 울음 소리 땅 속으로 다 자지러들고
그대 만나지도 못한 채
또다시 여름은 와서
나만 혼자서 집을 지키고 있소
집을 지키며 앓고 있소.

이 봄날에

봄날에, 이 봄날에

살아만 있다면

다시 한 번 실연을 당하고

밤을 새워

머리를 벽에 쥐어박으며

운다 해도 나쁘지 않겠다.

부부

한 사람은 죽고 한 사람은 별이 되고
한 사람은 죽고 한 사람은 꽃이 되고
한 사람은 죽고 한 사람은 돌이 되지만
두 사람 모두 살아 돌이 되기도 한다.

기도

내가 외로운 사람이라면
나보다 더 외로운 사람을
생각하게 하여 주옵소서

내가 추운 사람이라면
나보다 더 추운 사람을
생각하게 하여 주옵소서

내가 가난한 사람이라면
나보다 더 가난한 사람을
생각하게 하여 주옵소서

더욱이나 내가 비천한 사람이라면
나보다 더 비천한 사람을
생각하게 하여 주옵소서

>

그리하여 때때로

스스로 묻고

스스로 대답하게 하여 주옵소서

나는 지금 어디에 와 있는가?

나는 지금 어디로 향해 가고 있는가?

나는 지금 무엇을 보고 있는가?

나는 지금 무엇을 꿈꾸고 있는가?

시인

제 상처를 핥으며 핥으며

살아가는 사람

한 번이 아니라

연거푸 여러 번

연거푸 여러 번이 아니라

생애를 두고

제 상처를 아끼며 아끼며

죽어가는 사람, 시인.

섬에서

그대, 오늘

볼 때마다 새롭고
만날 때마다 반갑고
생각날 때마다 사랑스런
그런 사람이었으면 좋겠습니다

풍경이 그러하듯이
풀잎이 그렇고
나무가 그러하듯이.

끝끝내

너의 얼굴 바라봄이 반가움이다
너의 목소리 들음이 고마움이다
너의 눈빛 스침이 끝내 기쁨이다

끝끝내

너의 숨소리 듣고 네 옆에
내가 있음이 그냥 행복이다
이 세상 네가 살아있음이
나의 살아있음이고 존재이유다.

혼자서

무리지어 피어 있는 꽃보다
두 셋이서 피어 있는 꽃이
도란도란 더 의초로울 때 있다

두 셋이서 피어 있는 꽃보다
오직 혼자서 피어있는 꽃이
더 당당하고 아름다울 때 있다

너 오늘 혼자 외롭게
꽃으로 서 있음을 너무
힘들어 하지 말아라.

소망

많은 걸 알지 않아도
부끄러움이 없고

여러 곳을 돌아보지 않아도
목마름이 없다면

얼마든지 고운 세상을
살 수 있는 일이다.

아무한테도 상처 받지 않고
비웃음 당하지 않고.

별 한 점

밤하늘에
별 한 점

흐린 하늘을 열고
어렵사리 나와
눈맞추는 별 한 점

어디 사는 누굴까?

나를 생각하는 그의 마음과
그의 기도가 모여
별이 되었다

나의 마음과
나의 기도와 만나 더욱
빛나는 별이 되었다

>

밤하늘에

눈물 머금은

별 한 점.

유월에

말없이 바라
보아주시는 것만으로도 나는
행복합니다

때때로 옆에 와
서 주시는 것만으로도 나는
따뜻합니다

산에 들에 하이얀 무찔레꽃
울타리에 덩굴장미
어우러져 피어나는 유월에

그대 눈길에
스치는 것만으로도 나는
황홀합니다

>

그대 생각 가슴속에

안개 되어 피어오름만으로도

나는 이렇게 가득합니다.

그대 지키는 나의 등불

시시하고 재미없는 세상
그대 만나는 것이 내게는
단 하나 남은 희망이었소
그대 만남으로 새로운
슬픔이 싹트고
새로운 외로움이 얹혀진다 해도
그대 만나는 일이 내게는
마지막으로 남은 행복이었소
나에게 허락된 날이 하루뿐이라면
하루치의 희망과 행복
또 그것이 일 년뿐이라면
일 년치의 행복과 희망
내 사랑 그대여
부디 오늘도 안녕히.

떠나와서

떠나와서 그리워지는
한 강물이 있습니다
헤어지고 나서 보고파지는
한 사람이 있습니다
미루나무 새 잎새 나와
바람에 손을 흔들던 봄의 강 가
눈물 반짝임으로 저물어가는
여름날 저녁의 물비늘
혹은 겨울 안개 속에 해 떠오르고
서걱대는 갈대숲 기슭에
벗은 발로 헤엄치는 겨울 철새들
헤어지고 나서 보고파지는
한 사람이 있습니다
떠나와서 그리워지는
한 강물이 있습니다.

그리움 · 3

더는 참을 수 없다
이제는 먹을 갈아야지.

좋은 날

하고 싶은 일을 하니 좋고

하고 싶지 않은 일을 하지 않으니

더욱 좋다.

봄

딸기밭 비닐하우스 안에서
애기 울음 소리 들린다
응애 응애 응애

애기는 보이지 않고
새빨갛게 익은 딸기들만
따스한 햇볕에
배꼽을 내놓고 놀고 있다

응애 응애 응애
애기 울음소리
다시 들리기 시작한다.

서로가 꽃

우리는 서로가
꽃이고 기도다

나 없을 때 너
보고 싶었지?
생각 많이 났지?

나 아플 때 너
걱정됐지?
기도하고 싶었지?

그건 나도 그래
우리는 서로가
기도이고 꽃이다.

태백선

두고 온 것 없지만 무언가
두고 온 느낌
잃은 것 없지만 무언가
잃은 것 같은 느낌

두고 왔다면 마음을
두고 왔겠고
잃었다면 또한
마음을 잃었겠지

푸른 산 돌고 돌아
아스라이 높은 산
조팝나무꽃 이팝나무꽃
소복으로 피어서 흐느끼는
골짜기 골짜기

>

기다려줄 사람 이미 없으니

이 길도 이제는

다시 올 일 없겠다.

노을

방안 가득

노래로 채우고

세상 가득

향기로 채우고

내가 찾아갔을 때는

이미 떠나버린 사람아

그 이름조차 거두어 간 사람아

서쪽 하늘가에

핏빛으로 뒷모습만

은은히 보여 줄 줄이야.

우정

고마운 일 있어도 그것은
고맙다는 말
쉽게 하지 않는 마음이란다

미안한 일 있어도 그것은
미안하다는 말
쉽게 하지 못하는 마음이란다

사랑하는 마음 있어도 그것은
사랑한다는 말
쉽게 하지 않는 마음이란다

네가 오늘 나한테 그런 것처럼.

목련꽃 낙화

너 내게서 떠나는 날
꽃이 피는 날이었으면 좋겠네
꽃 가운데서도 목련꽃
하늘과 땅 위에 새하얀 꽃등
밝히듯 피어오른 그런
봄날이었으면 좋겠네

너 내게서 떠나는 날
나 울지 않았으면 좋겠네
잘 갔다 오라고 다녀오라고
하루치기 여행을 떠나는 사람
가볍게 손 흔들듯 그렇게
떠나보냈으면 좋겠네

그렇다 해도 정말
마음속에서는 너도 모르게

꽃이 지고 있겠지
새하얀 목련꽃 흐득흐득
울음 삼키듯 땅바닥으로
떨어져 내려앉겠지.

못난이 인형

못나서 오히려 귀엽구나
작은 눈 찌푸러진 얼굴

애게게 금방이라도 울음보
터뜨릴 것 같네

그래도 사랑한다 애야
너를 사랑한다.

선물 · 2

하늘 아래 내가 받은
가장 커다란 선물은
오늘입니다

오늘 받은 선물 가운데서도
가장 아름다운 선물은
당신입니다

당신 나지막한 목소리와
웃는 얼굴, 콧노래 한 구절이면
한 아름 바다를 안은 듯한 기쁨이겠습니다.

잠들기 전에

하루해가 너무 빨리 저물고
한 달이 너무 빨리 간다
1년은 더욱 빨리 사라진다

밤이 깊어도 쉬이 잠들지 못하는 까닭은
다시는 아침이 없을 것만 같아서다

내일 아침에도 잊지 말고 꼭
깨워주십시오
기도를 챙기고 잠을 청해보는 밤

우리에겐 이제 사랑할 일밖엔
아무 것도 남지 않았다.

동백꽃

눈이 그쳤다

통곡 소리가 그쳤다

애달픈 음악소리도 멈췄다

누군가를 가슴에 안고

붉은 꽃 한 송이 피워내던 일 또한

잠깐 사이다

다만 허공에 어여쁜

피멍 하나 걸렸을 뿐이다.

시 · 2

그냥 줍는 것이다

길거리나 사람들 사이에
버려진 채 빛나는
마음의 보석들.

동백정에서

지더라도 한 잎씩
지는 게 아니라
송두리째 지고 있더라

죽더라도 괴로운
표정 아니라
웃는 얼굴 그대로 죽고 있더라

뚝, 뚝, 뚝,
그건 누군가의 붉은 울음
붉은 영혼

주워서 네 손에 쥐어주고 싶었다
한 송이 아니라 여러 송이
손아귀 가득 쥐어주고 싶었다.

그냥

어떻게 살았어?

그냥요

어떻게 살 거야?

그냥요

그냥 살기도

그냥 되는 것만은 아니다.

꽃 피우는 나무

좋은 경치 보았을 때
저 경치 못 보고 죽었다면
어찌했을까 걱정했고

좋은 음악 들었을 때
저 음악 못 듣고 세상 떴다면
어찌했을까 생각했지요

당신, 내게는 참 좋은 사람
만나지 못하고 이 세상 흘러갔다면
그 안타까움 어찌했을까요……

당신 앞에서는
나도 온몸이 근지러워
꽃 피우는 나무

>

지금 내 앞에 당신 마주 있고
당신과 나 사이 가득
음악의 강물이 일렁입니다

당신 등 뒤로 썰렁한
잡목 숲도 이런 때는 참
아름다운 그림 나라입니다.

돌멩이

흐르는 맑은 물결 속에 잠겨

보일 듯 말 듯 일렁이는

얼룩무늬 돌멩이 하나

돌아가는 길에 가져가야지

집어 올려 바위 위에

놓아두고 잠시

다른 볼일 보고 돌아와

찾으려니 도무지

어느 자리에 두었는지

찾을 수가 없다

혹시 그 돌멩이, 나 아니었을까?

추억

어디라 없이 문득
길 떠나고픈 마음이 있다
누구라 없이 울컥
만나고픈 얼굴이 있다

반드시 까닭이
있었던 것은 아니다
분명히 할 말이
있었던 것은 더욱 아니다

푸른 풀밭이 자라서
가슴속에 붉은
꽃들이 피어서

간절히 머리 조아려
그걸 한사코
보여주고 싶던 시절이
내게도 있었다.

나의 사랑은 가짜였다

말로는 그랬다
사랑은 지는 것이라고
지고서도 마음 편한 것이라고

그러나 정말로 지고서도
편안한 마음이 있었을까?

말로는 그랬다
사랑은 버리는 것이라고
버리고서도 행복해하는 마음이라고

그러나 정말 버리고서도
행복한 마음이 있었을까?

바람 부는 날

너는 내가 보고 싶지도 않니?
구름 위에 적는다

나는 너무 네가 보고 싶단다!
바람 위에 띄운다.

치명적 실수

오늘 나의 치명적 실수는
너를 다시 만나고
그만 너를 좋아해버렸다는 것이다

네 앞에서 나는 무한히 작아지고
부드러워지고
끝없이 낮아지고 끝내는
사라져버리는 그 무엇이다

네 앞에서 나는 이슬이 되고
바람이 되고 구름이 되기도 한다
보아라, 두둥실 하늘에
배를 깔고 떠가는 저기 저 흰 구름!

낙화 앞에

고개를 돌리지 마시기 바래요
부디 찡그린 얼굴 하지 마시기 바래요

나, 꽃이 지고 있는 동안만
당신 앞에 서 있을려고 그럽니다

바람 없이도 펄펄 떨어지는 꽃잎은
당신 발밑에 당신 옷섶에 꽃잎의 수를 놓습니다

더러는 당신 머리칼 위에
어여쁜 머리핀 되어 얹히기도 합니다

부디 슬픈 생각 갖지 말아요
두 눈에 눈물 머금지 마시기 바래요

꽃이 다 지고 나면 나도
당신 앞을 떠나가려 그럽니다.

몽상

꿈꾼다 나는
치사량의 연가
졸도 수준의 실연

꿈꾼다 나는
목적지 없는 가출
박수갈채 속의 요절

꿈꾼다 나는
울고 있는 새하얀 어깨
얹혀지는 거치른 손길

꿈꾼다 나는
보석상 앞의 유혹과 절도
일순의 질주와 증발

>

장마 지나
상쾌한 바람 불고
쨍한 하늘 밑

그러나 나는
눈을 감는다
다만 고요히.

세상에 나와 나는

세상에 나와 나는
아무 것도 내 몫으로
차지하려 하지 않았습니다

꼭 갖고 싶은 것이 있었다면
푸른 하늘빛 한 쪽
바람 한 줌
노을 한 자락

더 욕심을 부린다면
굴러가는 나뭇잎새
하나

세상에 나와 나는
어느 누구도 사랑하는 사람으로
간직해 두고 싶지 않았습니다

>

꼭 사랑하는 사람이 있었다면
단 한 사람
눈이 맑은 그 사람
가슴속에 맑은 슬픔을 간직한 사람

더 욕심을 부린다면
늙어서 나중에도 부끄럽지 않게
만나고 싶은 한 사람
그대.

해설

반경환 명시감상

—「풀꽃」,「산수유」,「사랑은」,「기도」

반경환 철학예술가 ·『애지』 주간

반경환 명시감상
—「풀꽃」,「산수유」,「사랑은」,「기도」

반경환 철학예술가 ·『애지』 주간

풀꽃

나태주

자세히 보아야
예쁘다

오래 보아야
사랑스럽다

너도 그렇다.

— 나태주, 『풀꽃』 전문

나태주 시인의 「풀꽃」은 대한민국 최고의 애송시愛誦詩가 되었고, 이 「풀꽃」의 명성은 김소월의 「진달래」와 윤동주의 「서시」와도 같은 반열에 올라섰다고 해도 과언이 아니다.

왜 풀꽃인가? 풀꽃은 보통명사이면서도 집합명사이고, 그 모든 이름없는 꽃들을 대표한다. 오늘날은 민족의 영웅과 귀족들이 사라져간 시대이며, 주권재민主權在民이라는 말이 있듯이, 이름없는 개인들이 민주주의를 이끌어 나가고 있는 시대라고 할 수가 있다.

풀꽃은 개인이면서도 민중이라고 할 수가 있다. 나태주 시인의 「풀꽃」은 이 민중들의 삶을 통해서, 그들의 삶을 옹호하고 찬양한 시라고 할 수가 있다. “자세히 보아야/ 예쁘다”는 것은 관찰의 중요성을 뜻하고, “오래 보아야/ 사랑스럽다”는 것은 성찰의 중요성을 뜻한다. 관찰이란 어떤 사건과 현상들을 살펴보는 것을 뜻하고, 성찰이란 그 살펴봄을 통해서 그 사건과 현상들에 대한 인과관계를 밝혀내는 것을 뜻한다.

“자세히 보아야/ 예쁘다”는 것은 너와 내가 상호 관

심을 가질 때 다같이 예쁘게 보인다는 것을 뜻하고, "오래 보아야/ 사랑스럽다"는 것은 너와 내가 서로 믿고 살아갈 때, 우리는 다같이 '한마음— 한몸'이 될 수 있다는 것이 된다. 사랑하는 사람들만이 이 세상을 아름답고 행복하게 만들 수가 있는 것처럼, 너와 나는 풀꽃처럼 서로 어울려 살아가지 않으면 안 된다. 예쁨은 관찰의 결과가 되고, 사랑은 성찰의 결과가 된다.

"자세히 보아야/ 예쁘다// 오래 보아야/ 사랑스럽다// 너도 그렇다"라는 시구들 중, "너도 그렇다"는 시구는 그 관찰과 성찰을 넘어서서, 최고급의 인식의 결과인 '사상의 차원'에서, 우리 인간들의 인문주의를 옹호하고 찬양한 것이라고 하지 않을 수가 없다.

사랑은 자세히 볼수록 더욱더 예뻐지고, 사랑은 오래 묵을수록 더욱더 젊어진다. 사랑을 실천하면 행복한 사회가 되고, 사랑을 실천하지 못하면 어지러운 사회가 된다.

시인은 꽃을 가져오는 사람이고, 철학자는 사상(정수精髓)을 가져오는 사람이다. 쇼펜하우어는 시와 철학의 상관관계를 매우 정확하게 알고 있었던 세계적인 사상가였다.

시인의 세계는 상상력의 세계이며, 그가 펼쳐 보이는 세계는 아름답고, 신비로우며, 환상적이다. 여기가 아닌 다른 곳, 그 다른 세계로 우리 인간들을 인도하며, 그의 시세계는 활짝 핀 꽃과도 같은 아름다움을 가져다가 준다.

사상은 그것이 염세주의이든, 공산주의이든, 낙천주의이든지간에, 수많은 싸움들과 만고풍상의 시련 끝에 황금들녘을 펼쳐보이는 오곡백과와도 같다.

사상은 오곡백과이며, 그 영양소와도 같다.

— 반경환, 『사상의 꽃들』 1에서

산수유

나태주

아프지만 다시 봄

그래도 시작하는 거야
다시 먼 길 떠나보는 거야

어떠한 경우에도 나는
네 편이란다.

— 나태주, 『산수유』 전문

나태주 시인의 장점 중의 하나는 어떤 사건과 현상들의 본질을 꿰뚫어보고, 그것을 가장 짧고 간결하게 표현하고 있다는 점일 것이다. 소크라테스의 '너 자신을 알라', 헤라클레이토스의 '투쟁은 만물의 아버지이다', 프로타고라스의 '인간이 만물의 척도이다', 데카르트의 '나는 생각한다, 고로 존재한다', 니체의 '신은 죽었다', 반경환의 '세계는 범죄의 표상이다', 마르크스의 '모든 역사는 계급

투쟁의 역사다'라는 말들처럼, 모든 시인과 사상가들은 그들의 일생내내 이처럼 잠언과 경구를 쓰기 위하여 단 하나뿐인 목숨을 걸었다고 해도 과언이 아니다.

"아프지만 다시 봄", 이 시구는 오랫동안 자기 자신을 단련한 결과, 수천 년의 역사와 시간을 압축시킬 수 있는 최고급의 인식의 힘이 내재되어 있는 것이다. 봄은 사나운 눈보라와 그토록 혹독한 추위를 견뎌온 봄이며, 이 봄을 맞이한 산수유는 그 인고의 세월과도 같은 상처를 갖고 있을 것이다. 폭설에 가지가 꺾이고, 살을 에는 듯한 추위에 동상을 입었을 산수유는 다만, 산수유가 아니라 우리 인간들의 모습과도 똑같다.

하지만, 그러나 "아프지만 다시 봄"은 만물이 소생하는 부활의 신호탄이며, 언제, 어느 때나 백발백중의 명사수와도 같은 언어의 힘을 갖고 있다. 니체의 말대로, 한 시대와 한 문화 전체가 압축되어 있는 말이며, 그 아픔을 더욱더 끌어안는 노시인의 선각자적인 예지가 번뜩이고 있다고 할 수가 있다. 아픔은 삶의 질서이며, 모든 삶의 성장 동력이다. 아픔은 활이 되고, 희망은 화살이 된다. 아픈만큼 더 멀리 날아가고, 아픈만큼 더 정확하게 과녁을 맞출 수가 있다. 아직도 아프고, 그 아픔의 진통에서 헤어나오지를 못하고 있지만, "그래도 시작"하지 않으면 안 되고, 더욱더 "먼 길을 떠나"보지 않으면 안 된다.

"아프지만 다시 봄"은 섬뜩할 만큼의 전율을 불러일으키고, 어느 누구도 감히 이의를 제기할 수 없을 만큼의 무한한 감동을 불러일으킨다. "아프지만 다시 봄// 그래도 시작하는 거야/ 다시 먼 길 떠나보는 거야"는 단 한 순간도 머뭇거릴 수 없는 백절불굴의 채찍이 되고, "어떠한 경우에도 나는/ 네 편이란다"는 무한한 성원과 격려의 말이 된다. 한 손엔 채찍을 들고, 한 손엔 무한한 성원과 격려의 말을 들고, 결사항전決死抗戰의 대승리를 기원하고 있는 것이다.

나태주 시인의 「산수유」는 이 세상의 삶의 찬가이며, 장중하고 울림이 큰 한국정신의 걸작품이라고 해도 과언이 아니다.

너희들 뒤에는 내가 있다!

오직, 전진하고, 또, 전진하라!

문화적 영웅, 즉, 대시인은 태어나는 것이 아니라 이처럼 느닷없이 출현한다.

오오, 홍익인간弘益人間이여!

오오, 나태주 시인이여!!

사랑은

나태주

사랑은

거울,

사랑하는 사람을 통해서 보는

또 하나의 나.

사랑은

색안경,

사랑하는 사람을 통해서 보는

물들인 세상.

자수정빛 연둣빛으로

때로는 회색빛으로

사랑은

하늘,

나 혼자서 다다를 수 없는
이상한 나라의 구름층계.

— 나태주, 『사랑이여 조그만 사랑이여』 전문

나태주 시인은 일찍이 "시는 사랑의 한 표현 양식이며, 사랑이 없는 곳에는 시도 없다"라고 말한 바가 있다. 왜냐하면 인간은 사랑에 의해서 완성되기 때문이다. 나태주 시인의 『사랑이여 조그만 사랑이여』는 과거와 현재와의 대화, 즉 30대 중반의 젊은이와 70대 초반의 노인과의 대화라고 할 수가 있다. 무한한 가능성의 화신인 젊은이와 이제 그 가능성에 종지부를 찍어야 하는 노인과의 대화는, 그러나 이 '사랑'이라는 주제가 있었기 때문에, 그 어느 때보다도 더욱더 아름답고 풍요로울 수밖에 없었던 것이다. 사랑은 영원한 청춘이고, 사랑은 노년을 모른다. 사랑은 만물의 창조주이며, 사랑은 만물을 성장시키는 힘이고, 사랑은 죽음마저도 또다른 생명으로 탄생시킨다.

태초에 사랑이 있었고, 시인은 사랑으로 이 세계를 창출해냈다. "사랑한다는 것은" "내가 너를 믿는다는"

것이고, "사랑한다는 것은" "내가 너를 기다린다는" 것이다. "사랑한다는 것은" "내가 너를 오래 잊지 않는다는" 것이고, "사랑한다는 것은" "네가 떠난 자리에 나 혼자 남는다는" 것이고, "사랑한다는 것은" "내가 너를 용서한다는"(「사랑한다는 것은」) 것이다. 이러한 믿음과 기다림과 용서 등이 있었기 때문에, 나태주 시인은 『사랑이여 조그만 사랑이여』라는 소우주를 창출해낼 수가 있었던 것이다.

> 너로 하여
> 세상이 초록빛으로 변했다면
> 아마 너는 나를
> 거짓말쟁이라 할 것이다.
>
> 너로 하여
> 세상이 갑자기 신바람 나는 세상이 되었다면
> 역시 너는 나를
> 거짓말쟁이라 할 것이다.
>
> 너를 얻은 뒤부터

세상 전부를 얻은 것 같았다고 말한다면
더더욱 너는 나를
거짓말쟁이라 할 것이다.

너로 하여
나의 세상이 서럽고 외로운 세상이 되었다면
그 또한 너는 나를
거짓말쟁이라 할 것이다.
—「사랑의 기쁨」 전문

사랑은 힘이고, 사랑은 천의 얼굴을 가진 신이며, 그가 연출해낸 희비극은 언제, 어느 때나 천하무적의 만석공연을 연출해내게 된다. 왜냐하면 사랑으로 인하여 세상은 초록빛으로 변했기 때문이고, 왜냐하면 사랑으로 인하여 신바람 나는 세상이 되었기 때문이다. 사랑을 얻으면 이 세상의 전부를 얻는 것이 되는 것이고, 이 세상의 전부를 얻는다는 것은 더없이 "황홀하도록 기쁜 일"(「고백」)이기도 한 것이다. 「사랑의 기쁨」의 "너로 하여/ 세상이 초록빛으로 변했다면/ 아마 너는 나를/ 거짓말쟁이라 할 것이다"의 '거짓말쟁이'는 대단한

반어, 즉 대단한 역설이 아닐 수가 없는 것이다. 아무튼 거짓말쟁이의 기쁨이 사랑의 기쁨이 되고, 이 사랑의 기쁨이 신바람 나는 세상이 되고 있는 것이다.

사랑은 거울이고, 사랑은 또하나의 나이다. 사랑은 색안경이고, 나는 이 색안경으로 이 세상을 "자수정빛 연둣빛으로/ 때로는 회색빛으로" 물들인다. 사랑은 하늘이고, 나 혼자서는 다다를 수 없는 구름층계이다. 그 높디 높은 하늘, 그 이상한 나라의 구름층계에 도달하기 위하여 오늘도 '사랑의 시학'의 연출자인 나태주 시인은 이렇게 기도한다.

> 죽는 날까지 이 마음이
> 변치 않게 하소서.
> 죽는 날까지 깨끗한 눈빛을
> 깨끗한 눈빛으로 바라보게 하소서.
> 사랑하는 사람을 지키는
> 작고 가난한 등불이게 하소서.
> 꺼지지 않게 하소서.
> —「기도」 전문

— 반경환, 『사상의 꽃들』 1에서

기도

나태주

죽는 날까지 이 마음이
변치 않게 하소서.
죽는 날까지 깨끗한 눈빛을
깨끗한 눈빛으로 바라보게 하소서.
사랑하는 사람을 지키는
작고 가난한 등불이게 하소서.
꺼지지 않게 하소서.

— 나태주 시집, 『사랑이여 조그만 사랑이여』에서

남북통일과 대한제국의 건설보다 더 쉬운 것도 없다. 우리 한국인들이 소크라테스, 플라톤, 데카르트, 칸트, 마르크스, 니체, 쇼펜하우어, 아인시타인보다도 더 뛰어난 세계적인 사상가들을 배출해내면 된다.

우리 대한민국의 주적主敵은 일본과 미국과 중국이 아니다.

아는 것은 정복하는 것이다. 우리 한국인들도 사상으

로 세계를 지배할 수가 있는 것이다.

우리 한국인들이여, 반기문보다도 열배 혹은 백배나 더 뛰어난 반경환이가 있다는 것을 아직도 이해하지 못하겠는가?

나는 "죽는 날까지" 이 최고급의 전사의 길을 포기할 수가 없다.

— 반경환, 『사상의 꽃들』 2에서

트위터 시평

트위터 시평

* 나태주, 너무 따뜻해서 좋다

* 내가 나태주 시 들고 이걸 내가 썼어요 해도 이건 이 점이 부족하다 그래서 무슨 말이야 이게? 하고 까였을 테지. 그럼 반대로 내가 지금 쓴 걸 나태주가 쓴 거라고 하면 역시 잘 썼다 소리 들으려나? 그건 또 모르겠다. ㅠㅠㅠㅋㅋ ㅋ. ㅋ. 인생.

* 나태주 시인 '가장 예쁜 생각을 너에게 주고 싶다'. 모든 세상의 딸들이 행복하길 바라는 부모님과 시인의 마음이 가득 담겼음을 느낄 수 있는 책! 마치 시인과 대

화를 나누는 듯한 기분이 드는 건 왜 일까?

그리고 마주 앉아 내 손을 꼭 잡으시며 부모님이 해주실 것 같은 이야기가 쓰여 있는 공감이 가고 가슴에 와 닿는 글귀 가 많다.

강라은 작가님의 그림이 더해져 즐기듯 편안하게 읽을 수 있어 좋은 듯! 나, 그리고 모두에게 최고의 선물이 되어줄 고맙고 좋은 책이라 생각한다.

보고 읽는 것만으로도 위로가 되는 그런 책!

꽃향기 가득 날 것 같은 시집!

손에서 놓고 싶지 않고 꿈에서도 읽고 싶어 머리맡에 두고 자는 책!

이젠 나의 최고 애정책!

나태주 시인님처럼.

글을 씀으로써 감정을 깨끗이 숨김없이

게워내 흘려보낼 수 있다면 얼마나 좋을까. ♡수다는 감정의 소모다.

시 쓰는 재능이 있음을 몸은 혼자 살아 편하다 싶어도 너무나

고요한 날은 어김없이 외로운 마음이 삐쭉 돋아난다.

그 끝에는 엄마의 밥도 걸려 있고 옛사랑도 피어 있

다.

엄마의 밥, 옛사랑이 외로움으로 대치된다.

엄마라는 단어는 어느 정도 외롭다.

딸이기에 더할 것이다.

* 나태주 시인의 시는 언제 읽어도 늘 향기롭다.

나의 마음을 그대로 옮겨 놓은 듯한 공감의 글귀!

가까이 두고 잠들고 싶고 오래 오래 곁에 두고 읽고 싶다.

시를 싫어하는 사람, 책을 멀리 하는 사람도 즐겁게 읽을 수 있는 책!

소박하고 감수성 이 묻어나 거짓 없는 글귀라 더 좋네요.

* 시는 곧 시인의 눈이자 부모의 눈이다.

시를 들여다보면 나 자신도 보이고 내가 태어남으로써 한층 더 새로워진 세상을 맞이한 아버지의 모습 또한 보인다.

태어난 딸을 보며 부모는 생각하겠지. '가장 예쁜 생각을 너에게 주고 싶다고!'

읽고 있으면 점점 마음이 따뜻해져오는 마음의 온도를 느낄 수 있는 책!

지친 현대인에게 시인이 내려줄 수 있는 최고의 문학적 처방인 셈!

*강력 추천 합니다. 나태주 시인 가장 예쁜 생각을 너에게 주고 싶다.

* 넘나 좋은 글이네요. 회사에서 일하다 울 뻔했음.

* ㅎㅎ 유진님의 심금을 울렸군요. 저도 읽으며 눈물이 핑~^^

* 헉, 저 집에 나태주 시인 시집 있어요!!

* 아 다들 나태주 시인 시집 사세요. 제목부터 대예쁨 감성 촉촉이에요.'꽃을 보듯 너를 본다' 라니…

* 나태주 시인 참 좋다. 혈 자리를 아는 침술가 같더라. 나에겐 그런 시인이다.

* 나태주 시인 시집 또 샀당 내일 시 한 편 보내야게땅

* 자세히, 오래, 너, 표현해야 사랑이다, 이민규. 풀꽃, 나태주, 예쁘고, 사랑스러운 당신.

* 시나 읽을까요? 나태주 시인의 시집으로

* 나태주 님 시 읽고 있는데 텐이 생각났어욥.

* 원태연 시인님과 나태주 시인님 글 너무 좋음 특유의 사무치게 만들어주는 느낌이ㅠ

* 나태주 시 좋은 거 많아.

* 나태주 시 진짜 좋당.

* 나태주 '꽃그늘' 너무 사랑하는 시

* 나태주 시인의 '사는 법'. 저 시 좋아해 시집 사고 싶은데 무마암

* 나태주 시인의 책이 보고 싶은 지금 이 시간 3시 53분.

* 저는 나태주 시인의 '비단강'이라는 시를 꽤 좋아합니다. '비단강이 비단강임은 많은 강을 돌아보고 나서야 알았다'는 말이 뭔가 와 닿아요. 다음 구절도 좋으니 꼭 한 번 읽어보세요.

* 나태주 시인의 시는 볼 때마다 좋은 거 같아요. 보다보면 오빠한테 해주고 싶은 말 예쁜 말 따뜻한 말이 가득이라 마음이 편안해지는 느낌.

* 서점 와서 나태주 시집 잠깐 펼쳐봤다가 정매 생각나서 슬픈 사람 됐다.

* 영화 '하루'는 나태주의 풀꽃 같은 영화 같더라. 자세히 봐야 알 것 같고, 오래 봐야 알 것 같은 반복적인 일상에 찌든 내 전쟁 같은 하루의 느낌. 김명민 때문에 보긴 했지만, 하루의 시간을 한 시간 반 동안 반복적인 장면에 조금은 지루하기도 했던.

나태주

1945년 충남 서천에서 출생하여 1971년 《서울신문》 신춘문예에 시가 당선되어 시인이 되었다. 공주사범학교를 나와 1964년부터 2007년까지 43년 동안 초등학교 교직에서 머물렀으며 정년퇴직 후, 2009년부터 2017년까지 8년 동안 공주문화원장으로 일하기도 했다. 지금은 공주시에서 세워준 공주풀꽃문학관을 운영하며 글 읽기, 글쓰기, 문학 강연으로 세상을 살아가고 있다.
지은 책으로 창작시집 『대숲 아래서』에서부터 『틀렸다』까지 38권을 출간했으며 산문집, 시화집, 동화집, 시선집 등 100여권의 책을 출간했다.
받은 상으로는 흙의문학상, 충남문화상, 현대불교문학상, 박용래문학상, 시와시학상, 편운문학상, 한국시인협회상, 고운문화상, 정지용문학상, 공초문학상, 유심작품상, 김삿갓문학상 등이 있고 교직을 정년하면서 홍조근정훈장을 받기도 했다.
손 안에 드는 작은 시집, 누구나 편하게 집어들 수 있고 누구나 편하게 읽을 수 있는 시집, 시내버스 안이나 전철 안에서도 핸드폰 대신으로 들고 들여다 볼 수 있는 시집, 드디어, 마침내 '풀꽃 시인'이자 '민족 시인'인 나태주의 포켓북, 『끝끝내』가 수많은 독자들에 대한 선물로 탄생하게 된 것이다.

이메일 : tj4503@naver.com

나태주 시집
끝끝내

발　　행 2017년 9월 5일
지 은 이 나태주
펴 낸 이 반송림
편집디자인 김지호
펴 낸 곳 도서출판 지혜
계간시전문지 애지
기획위원 반경환 이형권 황정산
주　　소 34624 대전광역시 동구 선화로 203-1, 2층 도서출판 지혜 (삼성동)
전　　화 042-625-1140
팩　　스 042-627-1140
전자우편 ejisarang@hanmail.net
애지카페 cafe.daum.net/ejiliterature

ISBN : 979-11-5728-248-7 03810
값 9,000원